جنگل میں سے گزرتے ہوئے

Walking through the Jungle

Illustrated by Debbie Harter

Urdu by Qamar Zamani

جنگل میں سے گزرتے ہوئے،

Walking through the jungle,

جنگل میں سے گزرتے ہوئے

Walking through
the Jungle

Mantra Lingua
Global House
303 Ballards Lane
London N12 8NP
www.mantralingua.com

تمھیں کیا نظر آ رہا ہے؟

What do you see?

I think I see a lion, chasing after me.

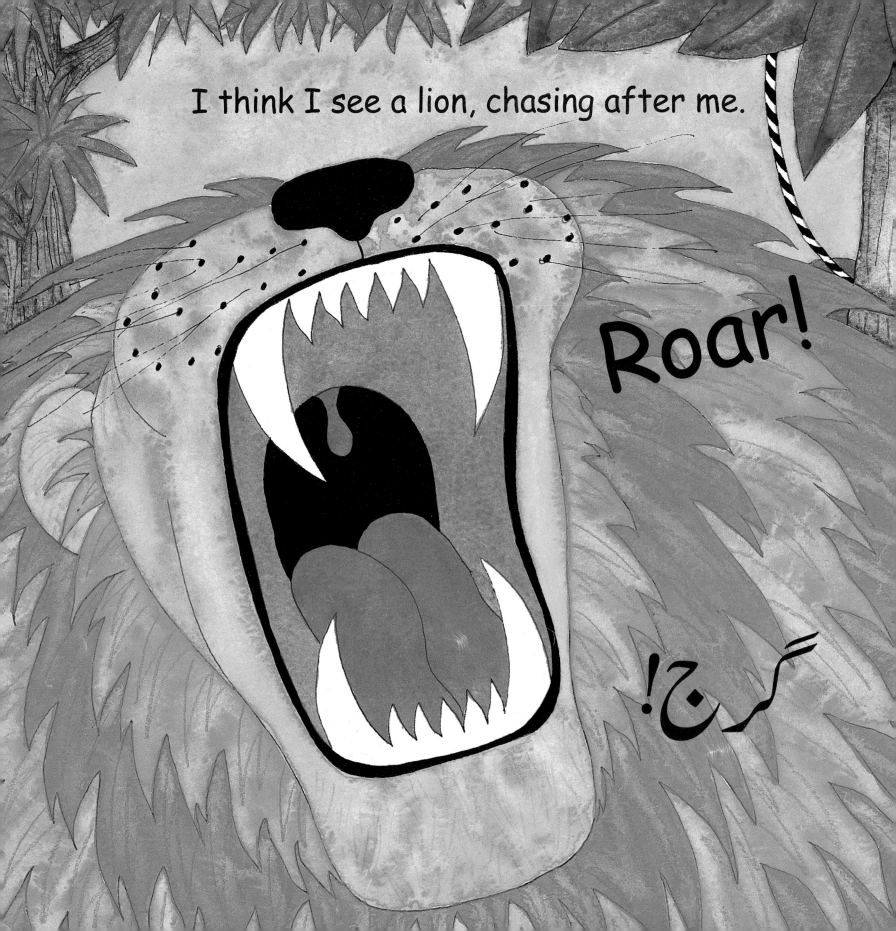

میرا خیال ہے مجھے ایک شیر نظر آرہا ہے،
میرا پیچھا کرتے ہوئے۔

سمندر پر بہتے ہوئے،

Floating on the ocean,

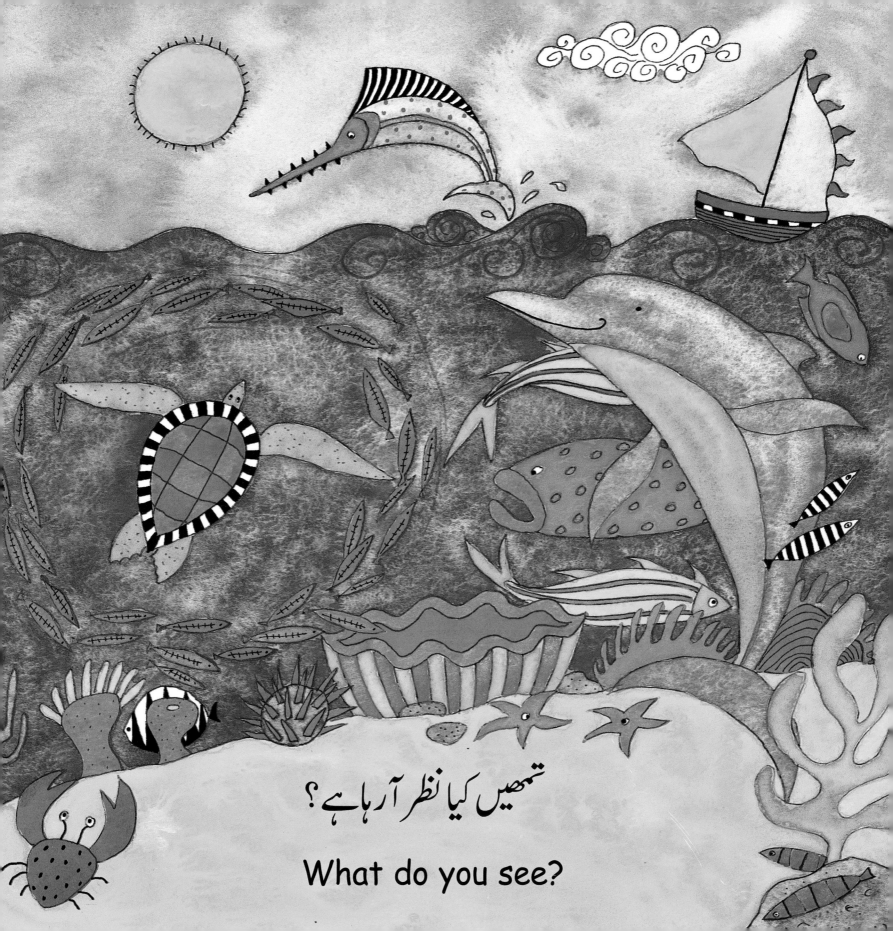

تمھیں کیا نظر آرہا ہے؟

What do you see?

I think I see a whale, chasing after me.

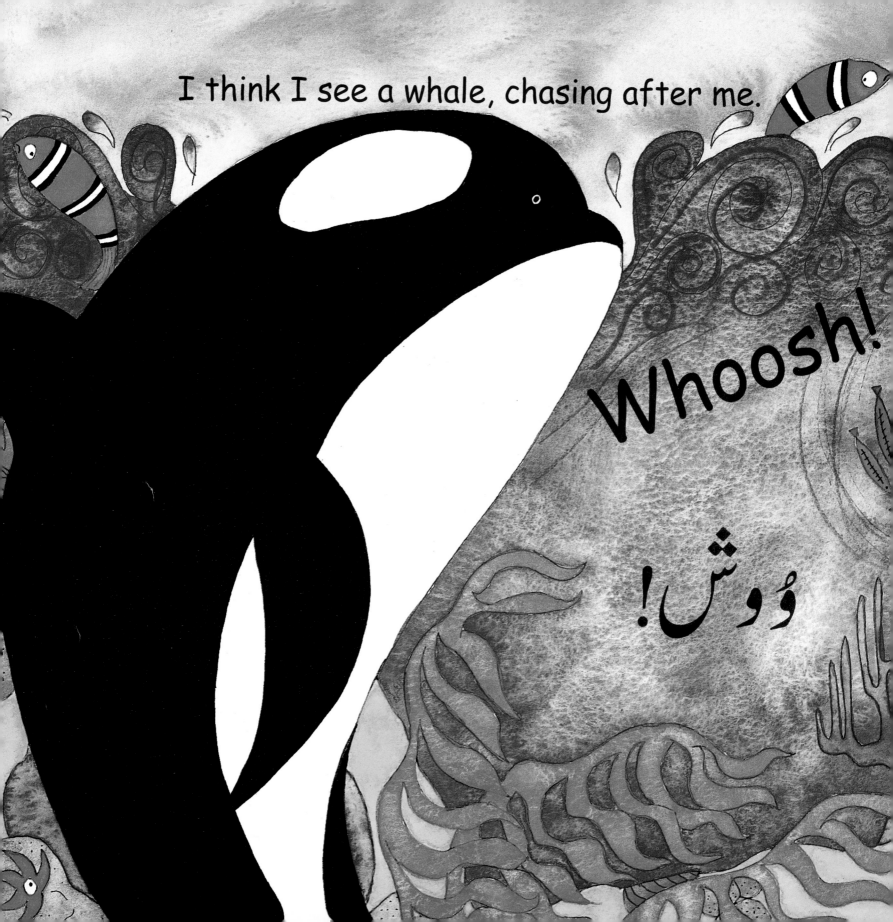

میرا خیال ہے مجھے ایک وہیل مچھلی نظر آ رہی ہے،

میرا پیچھا کرتے ہوئے۔

پہاڑوں پر چڑھتے ہوئے،

Climbing in the mountains,

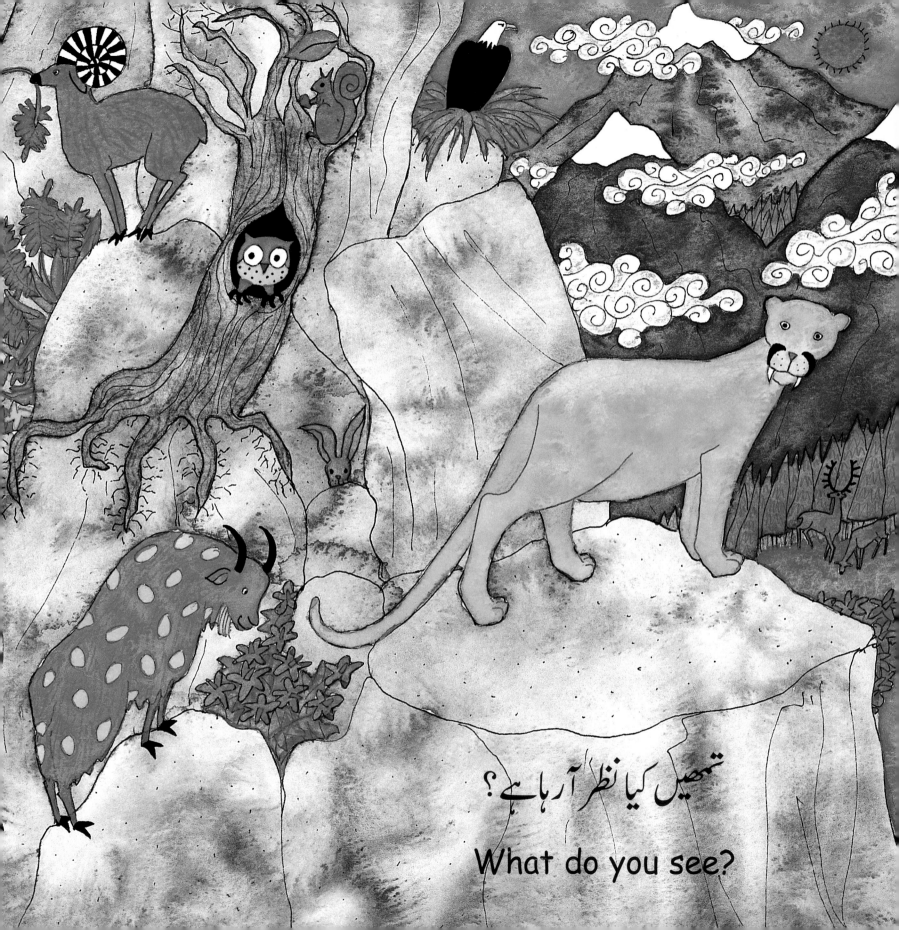

تمھیں کیا نظر آرہا ہے؟

What do you see?

I think I see a wolf, chasing after me.

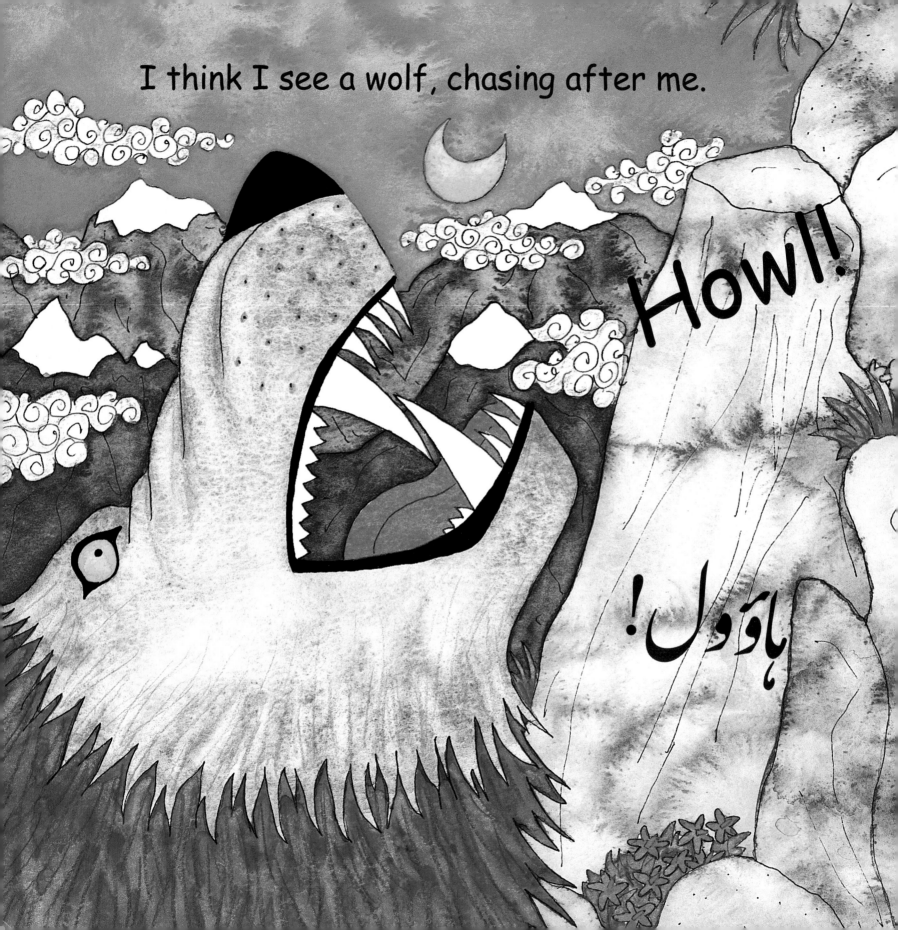

میرا خیال ہے مجھے ایک بھیڑیا نظر آ رہا ہے،
میرا پیچھا کرتے ہوئے۔

دریا میں تیرتے ہوئے،

Swimming in the river,

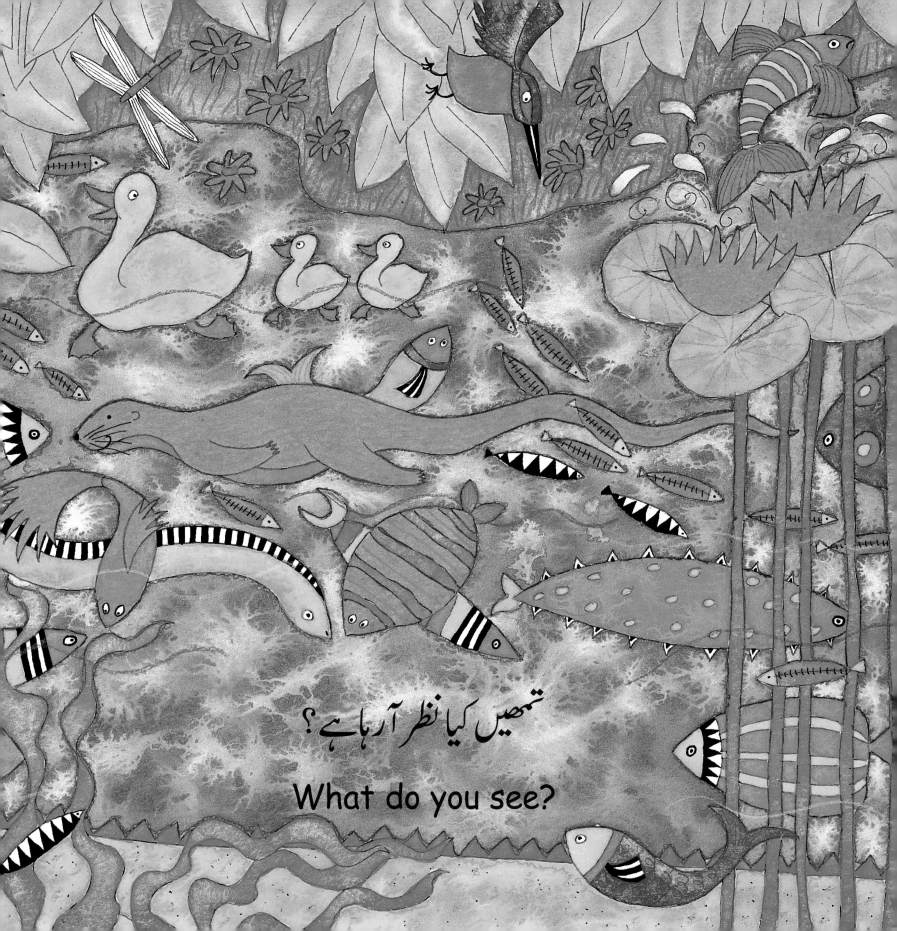

تمھیں کیا نظر آرہا ہے؟

What do you see?

I think I see a crocodile, chasing after me.

Snap!

سنيپ!

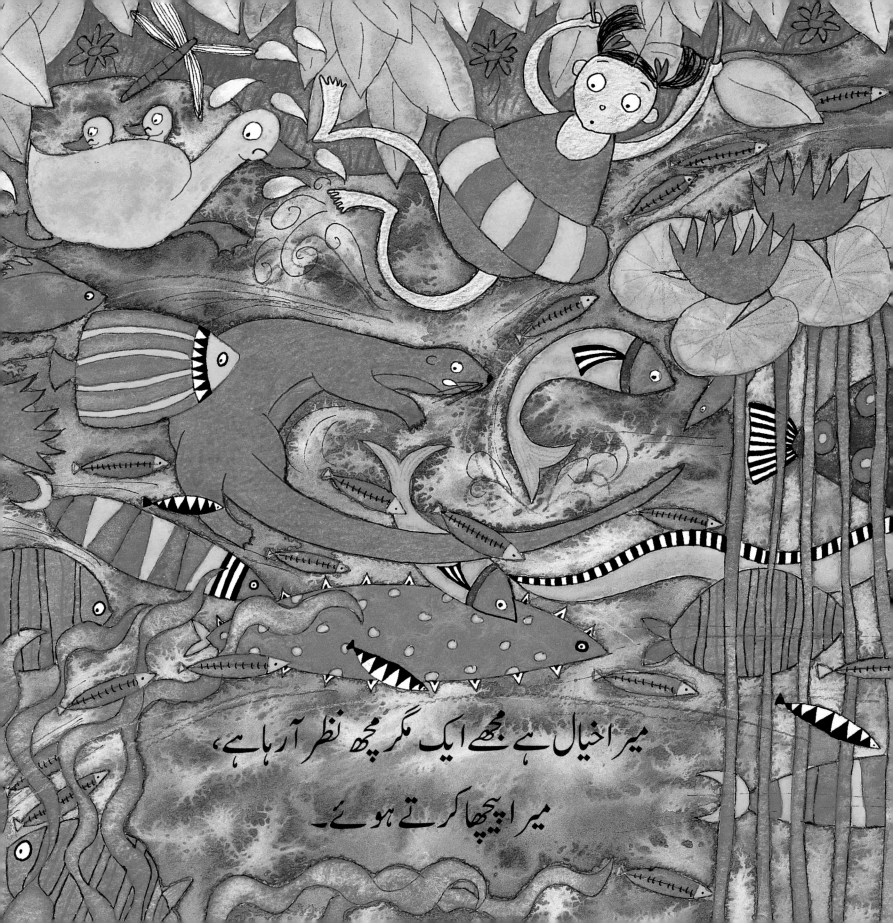

میرا خیال ہے مجھے ایک مگرمچھ نظر آ رہا ہے،

میرا پیچھا کرتے ہوئے۔

ریگستان میں بھاری قدم اُٹھاتے ہوئے،

Trekking in the desert,

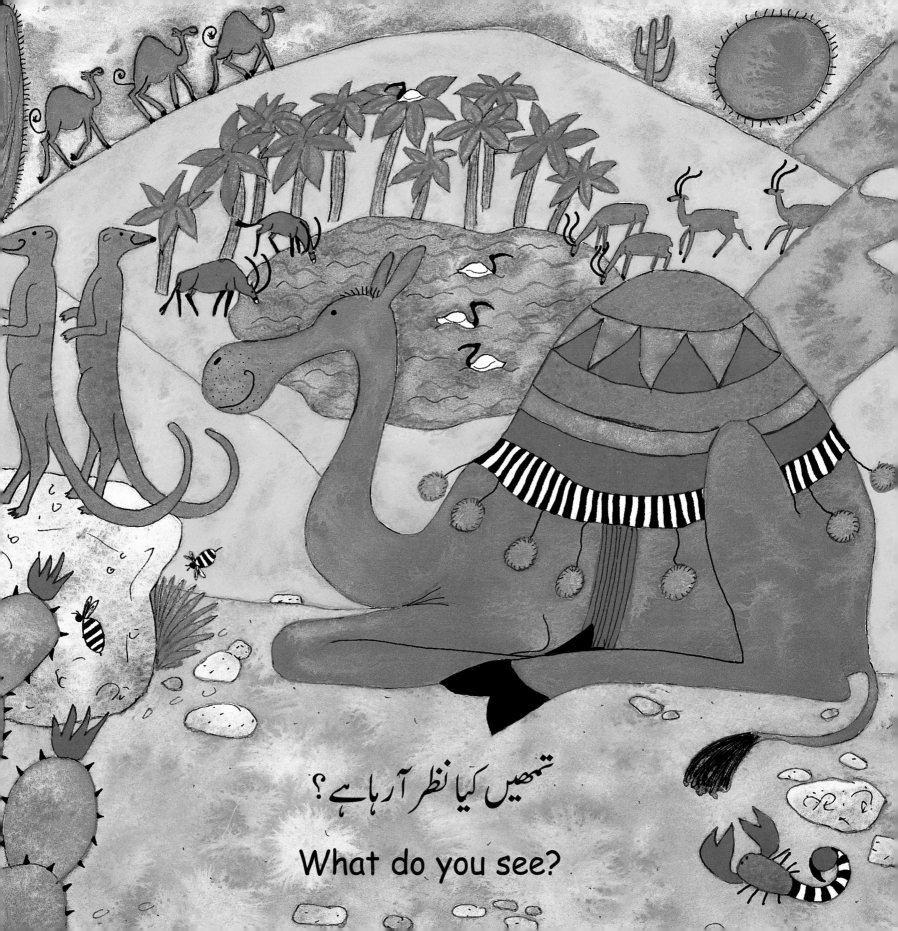

تمھیں کیا نظر آرہا ہے؟

What do you see?

I think I see a snake, chasing after me.
Hiss!
ہِسس!

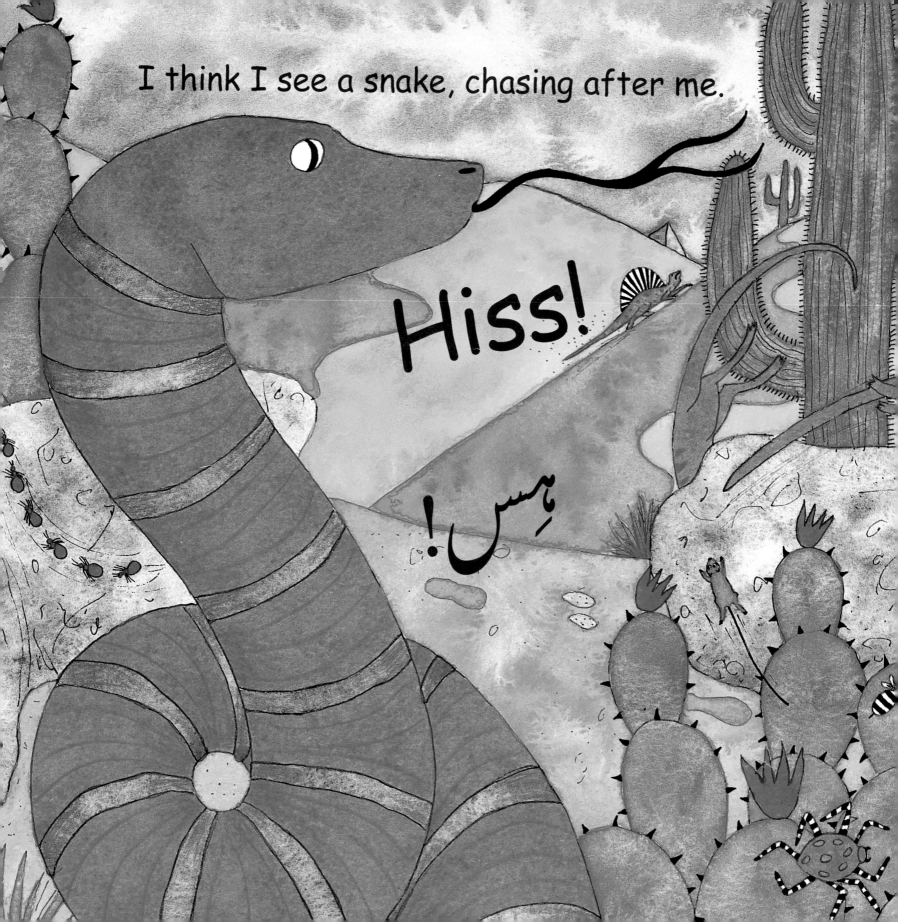

میرا خیال ہے مجھے ایک سانپ نظر آرہا ہے،
میرا پیچھا کرتے ہوئے۔

برف کے تودے پر پھسلتے ہوئے،

Slipping on the iceberg,

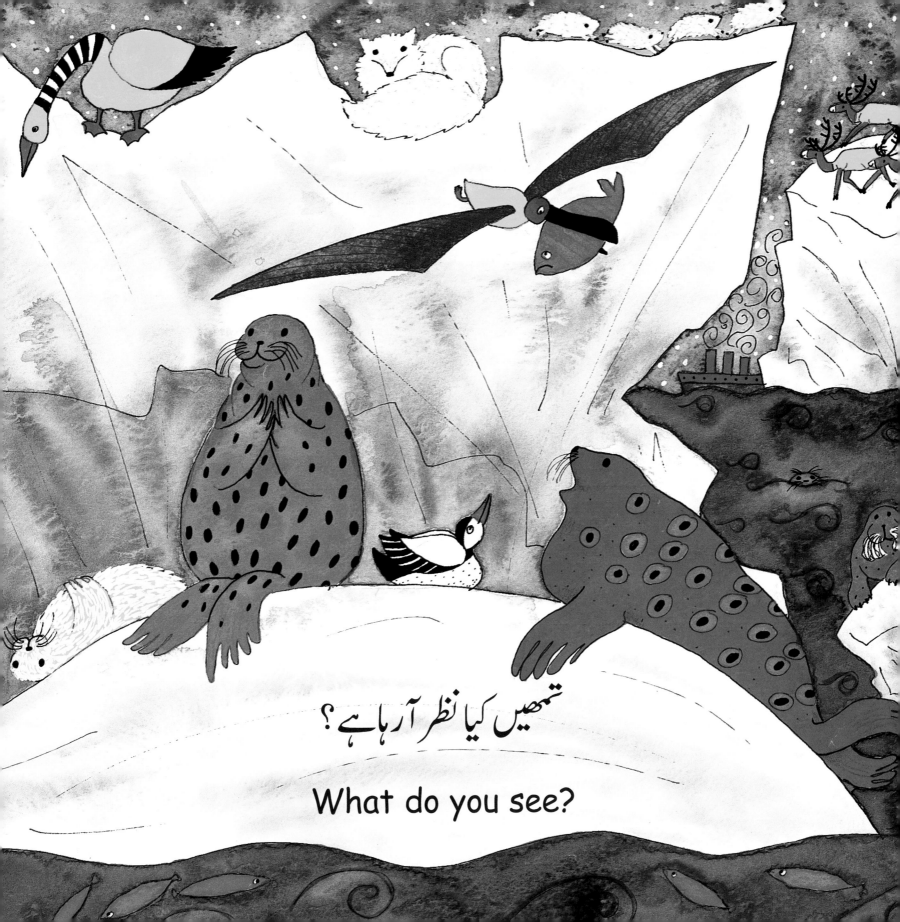

تمھیں کیا نظر آرہا ہے؟

What do you see?

I think I see a polar bear, chasing after me.

Growl!

گر اوَل !

میرا خیال ہے مجھے ایک برفانی ریچھ نظر آرہا ہے،

میرا پیچھا کرتے ہوئے۔

کھانے کے لئے گھر کی طرف بھاگتے ہوئے،

Running home for supper,

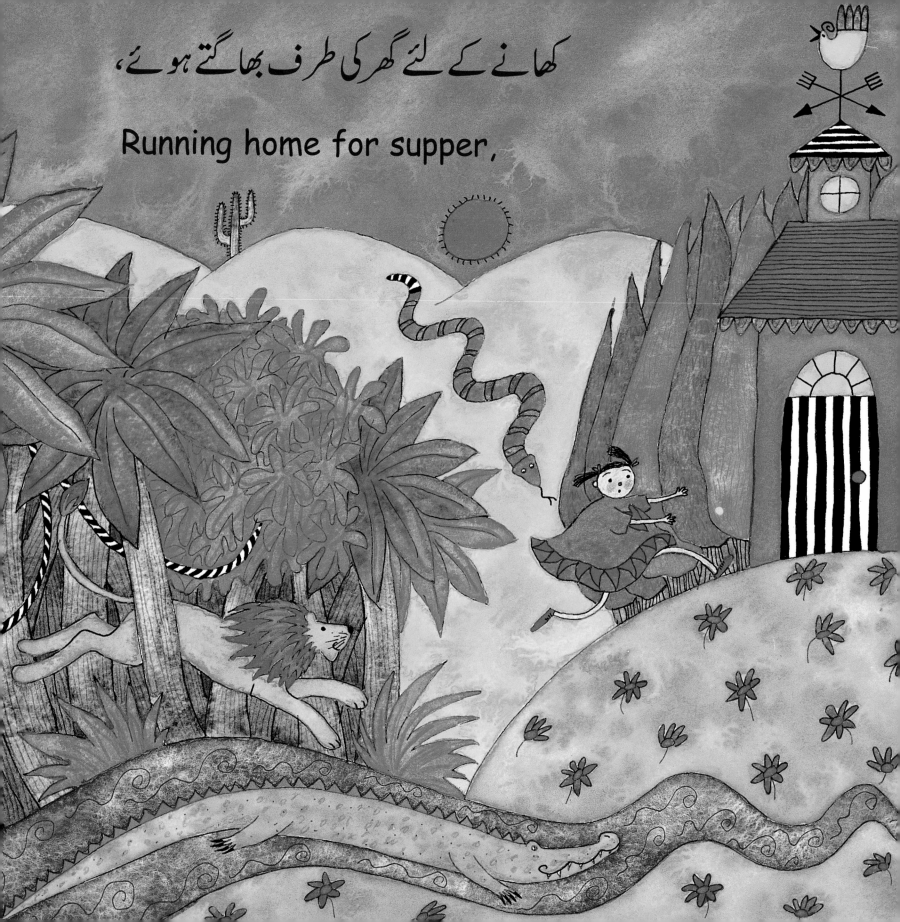

تم کہاں گئے تھے؟

Where have you been?

میں ساری دنیا گھوم کر واپس آیا ہوں ۔

I've been around the world and back,

اور بُوجھو تو میں نے کیا دیکھا ۔

And guess what I have seen.